El Tigre Gay

Antonio Carballo

El Tigre Gay

—Se trata de una belleza de animal; lo trajeron entre algodones para un sofisticado experimento mediante el cual un millonario qatarí pretende desarrollar masivamente la reproducción de esas fieras en el Caribe…

Nolasco se secó el sudor de las sienes con un raro pañuelo, muy colorido y grande.

—Pero, increíblemente, el tigre, nada más llegar a Cuba, se volvió gay —añadió suspirando, sus ojos en los míos a la búsqueda de una respuesta que me era inimaginable.

—¿Qué significa eso…? ¿Un tigre maricón?

Nolasco asintió, mordiéndose el labio inferior en una forma que no dejaba espacio a la duda sobre su abatimiento.

—No hace más que restregarse el ojete contra lo que le venga a mano, los barrotes de la jaula o los huesos de la comida, una cosa rarísima.

Yo permanecí en silencio. La Habana es una ciudad de rarezas, donde conviven suntuosas limosinas con autos ancestrales. La mitad de sus barrios pueden pasar la noche a oscuras por uno de los frecuentes apagones que la asolan desde la última década del siglo anterior mientras, en la mañana, el alumbrado público se eterniza en alguna avenida que al mismo tiempo arde bajo los rayos del sol. En un lugar cargan cubos de agua cotidianamente, un poco más allá se derrama a mares desde la azotea de un edificio antiquísimo o en una rotura bajo la calle.

Pero los zoológicos y sus animales exóticos no son cosa que realce el interés de la capital de las Antillas. Si ya cuesta mantener en pie a sus habitantes bípedos y parlantes que deambulan en las afueras del Zoo, qué decir entonces de esos animales que requieren cuidados y dietas especiales. El proyecto del millonario procedente de Qatar (imaginé enseguida a uno de esos jeques con turbante blanco y rubí de treinta quilates coronando la frente soberana), tenía todos los visos de las empresas descabelladas que de antemano han de fracasar. Pero, a fin de cuentas, era su dinero el que se iba a perder.

Lo que no acababa de entrarme en la cabeza era que un animal fiero y absolutamente ajeno a las tendencias sexuales de la sociedad moderna se inclinara a la homosexualidad debido al cambio de clima. Y la desolación de Nolasco por tan extravagante conducta, tampoco. Sus relaciones con el Zoológico de La Habana se limitaban a ejercer una tímida asesoría desde su perspectiva de burócrata del urbanismo abrumado por el exceso de tiempo libre.

Y más allá de tales consideraciones, ¿qué tenía yo que ver con el dichoso tigre homosexual? La respuesta era «nada», pero soy el tipo de persona con una educación tan desprejuiciada como decimonónica, fruto de las ideas y la ética de un padre arquitecto una madre maestra y un abuelo ultra machista. De modo que en vez de mandarlo con su tigre a ya se sabe dónde, opté por desviarme en la carretera de la amable comprensión.

—Perdona, Nolasco, pero en qué te afecta eso, ¿eh? —inquirí sin siquiera lograr que mi voz adquiriera las tonalidades del falso interés.

Era como un familiar para mí, una especie de tío sin filiación precisa hacia el lado paterno o materno, porque desde mi infancia yo lo veía igualmente cercano a mis dos progenitores, fallecidos en un terrible choque de trenes. Se afanaba siempre por mantener una buena apariencia, pero al observarlo detenidamente era fácil descubrir los remiendos en sus pantalones, las reformas en sus camisas para evadir las exigencias de la moda, el aspecto agonizante de sus zapatos.

—Ay, Santiago —suspiró—, tú siempre tan concentrado en tus asuntos, en la filosofía y las cuestiones trascendentales…

Se sentó, dejándose caer para enfatizar su desasosiego.

—No te imaginas cuánto dinero, viajes, comisiones y otros particulares que no te sabría explicar convenientemente se hallan en juego ahora mismo, colgando del hilo tembloroso de la virilidad del felino, desvanecida como por arte de magia.

—¿Dinero del jeque…?

—¡Dinero del jeque! Dinero que debería hallarse en idílico viaje desde sus bolsillos hacia los nuestros.

—¿Nuestros…?

Nolasco sonrió entre abatido y exasperado.

—Las personas que nos asociamos para lograr los permisos de importación felina y todo lo relativo a la proliferación de muchos descendientes suyos en condiciones de cautiverio tropical.

—O sea que…

Nolasco asintió varias veces.

—Hubo que sobornar a unos cuantos funcionarios para que sus ojos se cerraran repentinamente, no sólo en la aduana, también en ciertos ministerios y oficinas que prohíben de oficio las ideas osadas como las del jeque Abdul.

Él mismo no era otra cosa que un gran *prohibidor*, por lo que no pude evitar que la irónica situación me hiciese sonreír por un instante. Ese gesto, casi imperceptible, desató su elocuencia.

Nolasco comenzó a disertar sobre los tigres como si de mi comprensión del tema dependiera la suerte del proyecto qatarí y el bienestar de sus finanzas personales.

—Se trata de un tigre de Amur, de tres metros de largo y trescientos kilogramos de peso, una bestia magnifica que se traga en un día tanta carne como no has visto tú en la vida.

Mientras hablaba su cabeza y sus hombros se movían curiosamente, en una forma mimética respecto a las virtudes del felino que describían sus palabras.

—…y entre los animales más machistas del mundo, el tigre es el rey; caballeroso con las tigresas pero implacable con sus semejantes —concluyó entre andanadas de suspiros y una variedad de negaciones corporales.

La homosexualidad del tigre de marras no conseguía asentarse en su cerebro por más que Nolasco lo sacudiera.

—¿Y está fehacientemente comprobado que este tigre es… flojo? —pregunté tan sólo para hacerle sentir que me sensibilizaba con su tragedia.

—Maricón, maricón, no se ha comprobado —replicó, animándose extrañamente—. Pero ya te digo que ha despreciado un par de tigresas y que no hace más que frotarse el culo contra cualquier cosa.

—Pues, entonces, no te rompas más la cabeza, querido Nolasco: se lo dicen al jeque, que el animal salió feminoide y que debe traer otro o cambiar el tipo de fiera que se propone reproducir…

Me atajó enseguida con una de sus proverbiales carcajadas burlonas.

—Si fuese tan sencillo, ni siquiera te lo estaría contando. El tigre vino bajo el precepto de que en esta isla las ganas y los atributos sexuales tienden a potenciarse más que en cualquier otro lugar del mundo…

Entonces reí yo.

—Sabes muy bien que eso es pura charlatanería, chovinismo caribeño, etiqueta turística.

Nolasco abrió los brazos como un Jesucristo que viese confirmada la más azarosa de sus parábolas y enseguida, entrecerrando los ojos, repuso:

—Para ti y para mí, digamos que es así, tal y como lo expones, pero para el jeque, no. Abdul tuvo sus propias experiencias y profesa una fe ciega en los ímpetus sexuales en cuestión. Si se huele por un segundo lo que ha sucedido con su costosísimo ejemplar es irremediable, adiós negocio.

Detrás de él, a través de la ventana del comedor, se podía ver a dos albañiles trabajando en la azotea de una casa cercana. Es cierto que su afán por colocar ladrillo sobre ladrillo era autóctonamente lento, indigno de mención, pero al menos ambos hombres cumplían una tarea afín con sus cometidos sociales. Tal imagen me extrajo del laberinto zoológico de Nolasco. El debate que sosteníamos, resultaba poco menos que kafkiano.

—Bien, me has convencido de que lo del tigre es un tremendo enredo, sé también que necesitas dinero perentoriamente, como casi todo el mundo hoy día, pero aún así ha llegado el momento de decirte que lo siento mucho y te deseo suerte, ninguno de mis conocimientos filosóficos, y mucho menos los que conciernen a la vida de los animales, porque apenas si operé del estomago a un par de lagartijas en la niñez, van a servirte para una mierda, compadre.

Me puse en pie y sonreí a los albañiles, que ni me miraban ni conseguirían verme los dientes a semejante distancia.

—No digas eso, tú puedes ayudarnos mucho.

Nolasco sabía muy bien que mi apego a la honradez y la legalidad no estaba sujeto a los vaivenes de la economía nacional; que aunque me estuviese muriendo literalmente de hambre, que no era el caso, jamás me prestaría para el tráfico de fieras exóticas ni para andar sobornando a funcionarios amantes de las prácticas corruptas. En consecuencia, su afirmación anterior sobre las posibilidades de involucrarme en la trama naranja de rayas negras venia a subrayar que no se encontraba en mi casa buscando consuelo intelectual o una oreja amiga.

Los malos presentimientos me aceleraron la respiración. Él, inconscientemente, hizo una mueca y desvió la mirada hacia el que fuera el cuarto de mis padres. Entonces una desagradable certeza se apoderó de mí.

—Se trata de mi padre —murmuré con los dientes apretados por la rabia.

Nolasco bajó la cabeza, invadido de una mezcla de vergüenza propia y ajena.

Nunca tuve idea de cuántas personas conocían el asunto de papá pero, una vez muerto y enterrado mi progenitor, el tema permanecía junto a él en su mismo sepulcro.

—¿No te parece una broma de muy mal gusto viniendo de ti? —pregunté con voz gélida.

El rostro de Nolasco se teñía de un rojo cada vez más intenso.

—Perdona —balbució sin mirarme—, de todas formas sabes que siempre he querido leer sus diarios.

La historia era esta: una noche de jolgorio, en medio de las habituales y álgidas discusiones políticas que tenían lugar en casa, preferentemente cuando el alcohol desataba las lenguas, mi padre había confesado cierta temporada de homosexualidad en su vida. Así, tranquilamente, como alguien rememora una vieja afición digamos que al ajedrez.

Yo era muy pequeño, creo que todavía no había cumplido los diez años, pero tras aquella sorprendente revelación el semblante de mi madre se había desencajado de una forma tal que durante semanas se le veía muy pálida, sus ojos al borde de llanto y un temblor convulsivo en los labios.

—¿Siempre quisiste leer sus diarios, pero me lo recuerdas en la santa fecha en que un tigre se hace gay?

—¡Estábamos desesperados, Santi, y pensamos…!

El uso del plural terminó de incendiar mis emociones.

—¿Pensamos …? ¿Quieres decir que has estado airando las intimidades de mi padre con toda esa legión de funcionarios corruptos que se confabularon para importar el tigre qatarí?

—De Amur, el tigre es de Amur.

—¡Me importa un carajo de dónde sea el tigre!

Nolasco de puso en pie alisándose los cabellos con ambas manos.

—¿Cómo puedes pensar que mencioné a tu padre o algún detalle que lo relacionara con… ya sabes? —exclamó acongojado.

La furia me dominaba, pero también me producía mucha lástima la situación de Nolasco, indefenso ante las penurias de su familia, viviendo la angustia de acostarse cada noche con la duda de si su hijo, mucho más joven que yo, sería devorado por los tiburones en un nuevo intento de aventura náutica. En los últimos meses los guardacostas gringos lo habían devuelto a Cuba tres veces, y el muchacho juraba persistir en su empeño migratorio.

—Perdona —me disculpé sinceramente—, sé cuánto le querías…

—Mira —se puso a dar paseítos—, jamás él y yo hablamos de eso, pero yo creo que lo de tu viejo fue un asunto hormonal y que lo superó tomando unas hierbas muy raras. ¡Si lográramos saber qué hierbas fueron las que usó, quizás el tigre…!

Sus ojos brillaban llenos de esperanza: mi padre era un erudito en todo lo relacionado con las hierbas medicinales. Nuevamente, aunque ya los albañiles se habían ido de la azotea vecina, me sentí fuera de lugar, como si interpretáramos una obra de teatro surrealista. La conversación era increíble, absurda, paranoide.

—Nolasco, creo que te estás volviendo loco.

Él movió la cabeza caóticamente, como cuando buscamos algún objeto que se acaba de perder en nuestras narices.

—Mira, pongámoslo de este modo —obviamente, lo acababa de encontrar —, ¿tú crees que tu padre se opondría a que nos… a que me ayudaras?

Touché.

Papá era la versión masculina de la madre Teresa de Calcuta.

—Bien, revisaré yo sus diarios…

***

Varias agendas, libretas escolares, blocs cuadriculados, cartapacios cogidos con presillas de pata enmohecidas por los años componían los famosos diarios de mi progenitor. Si se añade su caligrafía menuda y el apego fervoroso al uso de abreviaturas jeroglíficas, el panorama de mis deseos de ayudar a su viejo amigo podía catalogarse como desolador. Pero la búsqueda se simplificaba enormemente a causa del índice, de minuciosidad bíblica, que el autor dejara unido a ese registro de la cotidianeidad para su propio servicio y ahora el nuestro, incluido el tigre homosexual.

De manera que un cuaderno de notas contenía el resumen de sus observaciones acerca de los brebajes propicios para aumentar la libido y el vigor sexual, afrodisiacos bastante conocidos, desde el *tebenque* criollo hasta el *Palo de Cabinda* angolano, así como otras plantas útiles para modificar defectos socialmente reprobables: hierbas contra la flatulencia, la halitosis o el mal olor bajo los sobacos. Ni una palabra de hechizos de índole transexual materializados mediante la ingestión de cocimientos.

Entonces suspiré abatido. Era la segunda vez que escrutaba su legado. Tras el divorcio de mi primera mujer, ciertas dudas inconfesables sobre mi propia virilidad me habían conducido hacia el examen morboso de los presuntos devaneos paternales en ese terreno. Emma, mi muy villana ex, disponía de una lengua larga y afilada con la que solía martirizarme durante y después de la separación. La idea de que ella hubiera dejado de gustarme físicamente le era del todo inaceptable. Y la emprendió contra mis hormonas. Primero fingiendo que se preocupaba por mí, luego con insinuaciones provocativas, más tarde acusándome directamente y, por último, propalando falacias que sólo se podían comprender a la luz de la diferencia de edades: ella era casi diez años mayor que yo. Además, pensando excesivamente en esa desfavorable circunstancia, había envejecido mal, de un modo estrepitoso y muy newtoniano, puesto que sus carnes parecían tirarse de cabeza a los pies de la gravedad y toda su figura resultaba una especie de cascada humana en la que la osamenta, tozudamente firme en su lugar, ponía en evidencia la capitulación total de sus músculos.

Y sabía lo de mi padre. Lo que éste había dicho en una noche de tragos delante de varias personas, su mujer y su hijo. Cosa que no se mencionaba ni una vez en sus escritos.

—¿Qué te pasa? —preguntó ahora Samira, mi segunda mujer, doce años más joven que yo, las carnes fundidas en sus huesos y una tan absoluta como saludable ignorancia acerca de las experiencias gay de mi progenitor.

—No encuentro lo que me pidió Nolasco.

—Ese que vino hoy, el que parece un payaso…

Se puso a reír y a hacerme cosquillas para que la imitara, un camino seguro hacia el fragor sexual.

—Era muy amigo de mis padres, loquita.

—¿Y qué te pidió…?

—Averiguar sobre unas hierbas para curar a un tigre enfermo.

Mi enemistad contra el mal hábito de mentir mostraba varias ilustres excepciones al cabo del tiempo. Mi próximo divorcio iba a ser mucho más higiénico si dependía de ponerle bridas ajustadas a una lengua ingenua. Al otro lado de mis propósitos, bufando cual esos toros de lidia en las plazas ibéricas, se hallaba la curiosidad irrefrenable de Samira.

En mi versión, el tigre qatarí o *amuriense* recuperó la orientación sexual para enfermarse de anorexia caribeña. Padecimiento que, considerando la ferocidad y buen apetito habitual en esas criaturas, era lo más cercano al comportamiento gay del animal.

—¡Llévame a verlo! Quizá me quiera devorar a mí…

Samira sacó pecho, colocándose de medio lado, y sus pezones se inflamaron de puro erotismo felino.

En ese instante, probablemente en un intento por limpiar la mala conciencia que me producía mentirle acerca del remoto episodio de mi padre, y el no tan remoto de mi divorcio, opté por contar media biografía de Nolasco añadiendo un parte sociológico de sus problemas monetarios y familiares. Al final, la vocación marinera de su hijo hizo que mi mujer languideciera de inmediato.

—Pensar que yo estuve a punto de lanzarme al mar en un artefacto de esos… —murmuró perdiendo la mirada en el océano de lo que pudo haberle ocurrido.

Entonces, pasándole un brazo por la cintura, la atraje fuertemente hacia mí.

—No te lo habría perdonado.

—Estaba desesperada.

Lo mismo que el hijo de Nolasco y éste y su mujer

—Afortunadamente, me encontré contigo —exclamó volviendo a iluminar sus ojos.

—Lo mismo que el hijo de Nolasco y éste y su mujer —repetí la frase que estaba pensando.

—No es igual.

—No, pero entenderás que lo ayude.

Su mano izquierda se deslizó por mi abdomen, esa parte de mi cuerpo que contradiciendo las mismas leyes de la gravedad ensañadas con la apariencia de mi primera esposa no hace otra cosa que pronunciarse en un ángulo recto abominable; venció el empinado obstáculo y simulando el andar de un cuerpo bípedo fue descendiendo lentamente hasta los genitales.

—Acepto que lo ayudes, pero bajo la condición de que me lleves a ver al tigre inapetente.

—De acuerdo, se lo diré a él.

Y nos entregamos al amor tal y como mandan los cánones de la iglesia y la civilidad, sin pensar en los animales exóticos que exóticamente se comportan homosexualmente. Ni en el hecho concreto de que carecía de una respuesta para los problemas del urbanista empresario, demás personal corrupto y el jeque qatarí. Tampoco de la extraña conducta de mi padre, confesando gratuitamente flaquezas morales en el reino del machismo y del mundo nuevo y perfecto; debilidad que a lo mejor muchos compartían, pero en el más estricto secreto: ser flojo de piernas en aquella época no era ninguna broma. De manera que, comparativamente, resultaba poco menos que un sacrilegio que yo me avergonzara de lo que mi progenitor no había tenido sonrojo en proclamar ante el oído de quienes, más tarde, no titubearían en lanzarlo a la hoguera de los inquisidores.

—Papá fue una especie de Jesucristo moderno y a escala —susurré en el silencio post coito para mitigar los remordimientos que se negaban a abandonarme.

—¡Tanto así…! —Samira suspiró y segundos más tarde, apoyando su cabeza en mi costado, me dejó a solas con mis pensamientos.

***

Podía llamar al viejo amigo de la familia y decirle «Lo siento, no hay una palabra sobre la restitución de la virilidad en esos diarios», pero como he dicho antes no soy un hombre moderno, sin ética ni principios. Tampoco recordaba la última vez que Nolasco me pidiera alguna cosa y si por un lado me parecía una flaqueza humanamente aceptable el ocultamiento del asunto paterno a Samira, quien quizá iba a convertirse un día en rencorosa ex consorte y a la que, por tanto, no había que regalarle probables armas arrojadizas, el atribulado traficante de tigres no tenía por qué pagar mis culpas maritales.

Restaba entonces una sola opción. La tía Roma. El tipo de persona a la que sólo se acude cuando no hay más remedio. Mi padre solía esquivar a su única hermana siempre que le era posible, aunque, todo sea dicho, la catalogaba como una comunista pura, el único ser del que cabía afirmarse que llevaba esa doctrina desde los confines utópicos hasta la más estricta observancia en la conducta personal. Extremo que la condujo, por ejemplo, a la loca idea de acoger pordioseros en su casa a principio de los sesenta, la misma que, hallándose un buen día secuestrada y violada por varios de sus protegidos, a quienes convidara a beber ron para celebrar alguna fiesta patria, se había negado a presentar denuncia contra una conducta que consideraba de raíces históricas y no personales.

Las fotografías de la juventud y mis recuerdos infantiles evocaban su belleza peculiar: alta, delgada y rubia natural, era su perfil griego lo más notable en un rostro cuya otra gracia se limitaba a la armonía de las facciones. A diferencia de su carácter, absolutamente a tono con la vivacidad caribeña, su físico apuntaba a una curiosa combinación de genes europeos. Sin embargo, en la vejez no sobrevivían sus mejores atributos y de su esbelta imagen apenas si quedaba en pie la estatura. La cabellera, extremadamente rala y descolorida, poseía un aspecto muy similar al de las personas que han recibido sueros citostáticos durante una larga temporada; la nariz, por su parte, continuaba creciendo redimida de las leyes anatómicas por las que se regía el resto el cuerpo. Y por último, cierto extraño proceso había atacado los dedos de sus pies, retorciéndolos hasta hacerlos parecer las raíces de uno de esos árboles vetustos cuyo afán de vivir prevalece sobre la lógica de las formas naturales. Conjunto lastimoso que en nada parecía afectarle, considerando el desparpajo con el que dejaba a la vista sus defectos.

Nos encontrábamos dos o tres veces al año. El 31 de diciembre invariablemente, puesto que en su casa se celebraba de toda la vida esa fiesta familiar, y además en los velorios de conocidos y parientes. En las ocasiones fúnebres apenas si podíamos saludarnos, divididos cada uno de acuerdo a la filiación generacional, y el fin de año la hermana de mi padre, magnifica anfitriona y gran cocinera, apenas si tenía tiempo para sentarse unos minutos junto a sus invitados.

No obstante el peso real de esas justificaciones, de cierta forma un tanto subrepticia nos repelíamos. Había entre nosotros esa clase de distancia sorda que impide el crecimiento de la confianza mutua entre personas que se conocen durante mucho tiempo y siempre se tratan como extraños, tanteándose.

Y muy probablemente la causa de ello era el asunto de la llevada y traída virilidad de mi padre. El hecho de que podía darse por descontado que si alguien conocía los detalles de ese episodio, las interioridades de ese devaneo sexual del arquitecto, herbolario y librepensador que me diera el apellido, era ella, su hermana Roma. O más propiamente, mis escasas ganas de preguntar y sus nulas de contarme una sola palabra al respecto.

Era lo más parecido a un Muro de Berlín familiar. Y dado que el original ya sólo era parte de la Historia, el tigre de Nolasco me insufló los aires subversivos que requería el asunto. Dicho de otro modo: mis nudillos golpearon a las puertas de Roma.

—¡Vaya, vaya! ¡Qué bonita sorpresa! ¿Ocurre algo?

La tía iba vestida con un kimono gris manchado probablemente de grasa. Aunque respondí a su recibimiento con una sonrisa y mirándola a los ojos, creo que alguna cosa inexplicable en mi manera de pararme y gesticular denunciaba a gritos las ganas que me absorbían por echarle una ojeada a los dedos de sus pies, la curiosidad morbosa de poder apreciar hasta dónde llegaba ya la deformación de sus falanges. Queriendo escapar de tan inoportunas sensaciones, mis indiscretos ojos se desviaron hacia el otro extremo de su cuerpo, o sea, en dirección a su cabeza casi calva.

—Pasa —se quitó del vano de la puerta entrecerrando los ojos—. Supongo que has venido a informarme que ahora eres mudo…

—Perdona, tía Roma —avancé sin siquiera pensar en besarla y me dirigí hacia la sala donde todavía se balanceaba su sillón de mimbre—, es que he tenido un día muy agitado.

Ella me señaló una butaca junto a la mesa en la que humeaba uno de sus infaltables cigarrillos. El lugar parecía un *atelier*: por todas partes bocetos y recortes de tela. Antes de retirarse, había trabajado haciendo vestuarios para la televisión. Ahora continuaba diseñando trajes de época y zurciendo antiguos vestidos que tal vez nadie usaría jamás.

De acuerdo a las muy distintas situaciones económicas en que nos encontrábamos en ese momento, ella representaba la decadencia y yo la prosperidad. Algo normal, atendiendo a nuestras curvas vitales. Pero también era de suponer que, una vez jubilada, sus rígidos principios ideológicos le impedían ganarse algún dinero extra por su cuenta, como intentaba hacer Nolasco y media Cuba.

Cuando estuve sentado, Roma recuperó el cigarrillo del cenicero, lo colocó en sus labios sin aspirar, dejando que el humo le envolviera el rostro, y se fue junto a uno de esos bustos en que se entalla la ropa de mujer antes de coserla.

—El teléfono está sin tono hace una semana o más —dijo desde allí sin mirarme, muy concentrada en su faena—; imagino que te cansaste de llamar antes de arriesgarte a venir hasta acá.

—Sí, te lo iba a comentar —mentí y de ese modo evité darme por enterado del reproche implícito en su comentario; siempre me escudaba en lo lejos que vivía para no frecuentarla—. ¿Qué te han dicho los de la empresa?

Se puso a despatarrar contra el servicio telefónico mundial y yo fui organizando las frases que había elaborado en la noche, durante el interminable insomnio nocturno, para abordar el delicado tema de los vaivenes de la sexualidad paterna.

—Vengo a verte por una cosa de papá —exclamé sin esperar que terminase su diatriba.

Sólo entonces, y después de aspirar una gran bocanada de humo, levantó la vista para observarme por encima del maniquí, vestido de cortesana francesa del siglo XVIII, según se leía en una etiqueta prendida con un gran alfiler.

—Aquel asunto que confesó una vez, seguro que lo recuerdas…

Roma colocó ambas manos alrededor del cuello del busto y yo tragué en seco.

—Que había tenido experiencias sexuales con otros hombres —concluí la frase con muy poca voz

—Con *otro* hombre —se apresuró a rectificarme ella a la vez que liberaba de la amenaza de estrangulamiento al muñeco sin cabeza.

Un solo hombre. ¿Lo conocía ella? ¿Lo había visto yo, mi madre? ¿Era amigo de la familia o un tipo que en unas circunstancias fortuitas, muy particulares…? Mal vas encaminado, Santiago, me dije sacudiendo el cuerpo como si expulsara un fantasma de su interior.

—Según recuerdo, fue poco más que un episodio aislado y luego él nunca más…

Las palabras se me atragantaban, me sentía fatal ultrajando la memoria de mi padre.

—Mi hermano nunca se avergonzó de eso; parece que tú sí.

La lengua de Roma era una espada de filo probado. Y yo, en verdad, no podía ni pensar en el asunto sin sentirme enfermo, lo mismo que si papá hubiese delinquido y guardado prisión por ello. Tras el accidente que me dejara huérfano, yo había ido a parar a casa de mis abuelos maternos, el lugar donde se reunían las mejores condiciones para normalizar en la mayor medida posible mi existencia. Y Sebastián, el padre de mi madre, era un tipo tan crudo y anticuado que bien habría podido reclamar la patente del machismo de ser ello aceptable. La atmosfera de permisibilidad que rodeaba mi anterior existencia se diluyó en un severo clima de hombría a ultranza. Sebastián era tan rígido en sus creencias, y le parecía tan execrable la conducta de su yerno, que alguna vez me dejó entrever un increíble sentimiento: el accidente fatal que lo privara a él de su única hija, y a mí de mis únicos padres, obedecía quizá a un acto de justicia divina.

—Ahora esas cosas no le importan a nadie… —respondí sin mirarla a los ojos—. Pero entonces, bueno, sabes mejor que yo la cantidad de problemas que eso le trajo.

Asintió. Nos quedamos en silencio, cada uno recordando los viejos y amargos sucesos que habían seguido a la confesión, tan voluntaria como innecesaria, de su homosexualidad. Cambio de trabajo y domicilio, la interminable secuela de las llamadas telefónicas anónimas, algún insulto en la calle, el abandono temporal de los lugares públicos.

—No lo juzgo —proseguí, mi voz ya en su tono acostumbrado—, pero si quieres saber la verdad, tampoco lo entendí nunca por completo.

Roma volvió a asentir y, no sin cierto aire ceremonioso, introdujo la diminuta colilla de su cigarro dentro del tubo de hierro que mantenía en pie el busto de costura. No sé por qué me hizo sentir que ese gesto equivalía a un «nunca lo entenderás».

—¿Acaso has venido a que yo te lo explique? —preguntó agriamente.

—No, sólo me interesa averiguar si se valió de algún medio, de alguna de sus hierbas u otra cosa para dejar… eso, y restablecer su vida con mamá.

La sorpresa invadió el rostro de mi tía. Por un brevísimo instante creí que se estaba preguntando si yo también había sufrido un ataque de cambio de casaca, pero mientras encendía otro cigarrillo, maquinalmente, se me hizo claro que no albergaba dudas sobre mi comportamiento viril, sino que otra cosa (quién podía imaginar las ideas que una mente como la suya consideraría en un momento así) la inquietaba.

—¿Qué te hace pensar que él…?

Suficiente, hora de poner punto final a cualquier teoría sobre los vaivenes sexuales de mi progenitor.

—No se trata de papá —la detuve bruscamente.

Y le solté de un tirón la historia de Nolasco y su tigre.

***

Samira me señalaba constantemente uno de sus ojos, recordándome la promesa de llevarla a ver al tigre. Nolasco no salía de su asombro por lo que yo le contaba de la tía Roma a través del teléfono, hablando casi en clave para que mi mujer siguiera pensando que todo se reducía a conseguir determinadas hierbas medicinales contra la inapetencia.

Pero en cierto momento, llevado por el calor que me insuflaba revivir lo que había acontecido en casa de Roma, se me fue de los labios la verdad acerca de la fiera.

—¿Un tigre maricón…? —exclamó Samira incrédula y eufórica, queriéndose meter entre el aparato telefónico y mi oreja para escuchar lo que decía Nolasco—. ¡Déjame oírlo! ¿Cómo es posible que un animal de esos…? ¡Qué fuerte! ¡Increíble!

Le tapé la boca con mi mano libre y contesté la última pregunta de mi atónito interlocutor.

—Sólo dijo que yo era un privilegiado, trabajando para las Naciones Unidas, media vida en los aviones, sin saber de carencias, que había llegado el momento de que ella dejara de ser una estúpida desinteresada, enumeró cada una de las cosas rotas en su casa, vaya, no quieras saber cómo se puso. Pero en concreto, exige una tajada. Quinientos dólares.

El viejo amigo de la familia, que la conocía muy bien, masculló dos palabrotas y tras un largo suspiro dijo que me llamaría cuando tuviese una respuesta para ella.

—Al jeque no se le puede pedir ni un centavo más, en cualquier momento coge su tigre y se lo lleva a Puerto Rico o Santo Domingo. Tendremos que arreglarnos entre los cubanos.

Y tras ese apunte descorazonado cortamos la comunicación.

Samira me tomó el rostro con ambas manos y aproximándose hasta tocarnos nariz con nariz escrutó el fondo de mis pupilas.

—Es increíble que una mujer como Roma, la comunista perfecta, haya pedido dinero por decirnos lo que sabe —rezongué para desviar las desagradables e inminentes preguntas que se humedecían en el paladar de Samira.

—¿Cómo no me contaste que ésa era la enfermedad del tigre?

—Ni te imaginas la clase de persona que fue toda su vida Roma, desapegada hasta lo irracional, papa decía que…

—Pues sí que hace bien pidiendo su parte en el negocio —se burló Samira —. Sabes que me es antipática, no me gusta como me mira pero…Y tú, tarde o temprano me vas a explicar por qué no me dijiste la verdad sobre las flaquezas del felino, ja ja ja.

Su risa retumbó en toda la casa. La risa de Samira, un tesoro juvenil.

—Nolasco me pidió absoluta discreción. Lo siento.

—Entonces… que Nolasco venga esta noche a chuparte el pito.

Salió disparada del cuarto. Y yo tras ella.

—Hay un montón de ilegalidades y funcionarios corruptos en medio de esta historia, no te oculté nada que me concerniese a mí, sino a otra persona a la que le debo cierta consideración y…

—Grita más —gritó ella desde la cocina—, para que se entere todo el vecindario.

Tenía razón. Y tenía la suprema habilidad de enfadarse graciosamente, de una forma tan pueril como tozuda a la que me resultaba imposible resistirme.

Llegué a la puerta de la cocina y la encontré fregando los platos del almuerzo. Desnuda. La bata de casa sobre una silla a su lado. Otra de sus grandes virtudes; la peculiar capacidad de mantener cualquier cambio de humor dentro de los límites de lo íntimo. Fórmula amorosa de admitir que no obstante hallarse tremendamente furiosa ello no disminuía en nada sus sentimientos. Malévolamente, superpuse su grácil imagen sobre la que guardaba en mi memoria de los últimos días vividos junto a su antecesora. Emma sufría entonces los efectos del climaterio. De improviso la atacaban horribles calores, y se ponía a hacer las cosas de la cocina en paños menores, rezongando por lo bajo, intratable. ¡Cuánta diferencia entre dos criaturas de una misma especie!

Me acerqué muy sigilosamente. Samira torció apenas su torso, dejando entrever que sabía de mi presencia. Temí que se volviera de pronto y que me lanzara agua sucia o los platos a la cara, pero ella continuó su labor impertérrita. Me quedé pues observándola; la manera tan atractiva en que su trasero rompía abruptamente la línea recta de la espalda para pronunciarse en una redondez perfecta. Quizás en el mismo ángulo en que luego, más abajo, sus piernas se curvaban a la salida de las rodillas. Excitado, soplé suavemente el cabello que caía en su nuca.

—Ni lo sueñes. No vas a tocarme hasta que no vea a ese tigre que parece más importante que yo.

***

La majestuosa residencia del jeque se hallaba subiendo a la izquierda en la rotonda del viejo Cinódromo. Allí nos condujo Nolasco en su destartalado *Chevrolet* del 55, todavía maldiciendo por causa de la sorprendente actitud de Roma. «Ahora no me extrañaría nada que Lenin se levantase del Mausoleo y saliera en la televisión anunciando *McDonald's...*», resumió su ira cuando descendíamos del dinosaurio automovilístico.

Casi enseguida escuchamos la inconfundible voz de María Callas que parecía caer desde el cielo, lanzarse por las ventanas, caminar entre nuestros zapatos. Hasta que un mayordomo albino abrió las enormes puertas de roble y entonces creímos que la diva había resucitado y se hallaba en el interior de la mansión complaciendo al millonario árabe.

—Abdul estará con ustedes en unos minutos —informó el blanquísimo empleado con voz un tanto androide y sonrisa gélida—. Síganme, por favor.

Avanzamos por el gran recibidor cuyo piso nos reflejaba nítidamente. Samira apretando uno de mis brazos, enloquecida de emoción. Nolasco cabizbajo. Y este hijo de las circunstancias queriendo divisar cada uno de los objetos (piezas de oro, ébano, marfil) que se apiñaban encima del imponente escritorio situado al final de la gigantesca sala, por la cual nos conducía a paso casi marcial el pálido mayordomo. No había equipo de audio a la vista, pero en cada lugar que pasábamos la griega de la voz divina era como Dios, omnipresente. También se percibían los efectos de una muy especial climatización, pues los grandes ventanales se hallaban abiertos de par en par pero la temperatura interior no era ni por asomo la de la calle.

—Pueden esperar aquí —dijo nuestro guía señalando una mesa y varias sillas de hierro forjado en una especie de patio lateral que corría paralelo a la sala.

Salimos. El suelo era un césped artificial que se hundía suavemente al pisarlo. Más adelante, casi imperceptiblemente, dejaba paso a un pasto natural que seguía camino hasta el borde de un barranco desde donde se veía la piscina, construida entre los árboles y las rocas de ese segundo nivel interior de la residencia. Al final de la alberca, entre unos columpios y tumbonas, se podía divisar al tigre afeminado dentro de una espaciosa jaula. Samira emitió un corto e intenso chillido frente a la majestuosa visión que se nos ofrecía desde lo alto.

—¿Tú crees que el sultán me permita acercarme a la jaula? —inquirió enseguida, acercándoseme al oído, con esa actitud de las personas sobrecogidas ante una magnificencia que le es ajena.

—Sería un placer —respondió la voz de Abdul desde detrás de nosotros, petrificados instantáneamente—. Siempre que la bellísima dama sepa muy bien a qué riesgos se expone.

El jeque era un hombre joven, demasiado joven en verdad para ostentar un título tan asociado a la experiencia y sabiduría, y en ese momento, salvo el color de la piel y el aire místico que emanaba de sus gestos, la forma de hablar, el brillo de sus ojos, hubiera podido pasar por un magnate occidental de la industria cinematográfica.

—Sentémonos —dijo enseguida, apartando una de las pesadas sillas para ofrecerle lugar a Samira— ¿Té, café…?

Seguíamos atónitos por su presencia y modales amistosos, incapaces de emitir palabra alguna. Comprendiéndolo, el jeque alzó un dedo y lo movió hasta describir algo similar a un círculo.

—Lo he separado del resto de las fieras hasta... -esperó a que todos estuviésemos sentados antes de proseguir— Hasta tanto se recupere.

Sonrió solamente con la mitad derecha de su boca y en eso reapareció el mayordomo albino escoltado de un negro retinto que empujaba un carrito con bebidas. Samira y Abdul optaron por el té. Nolasco pidió café sin azúcar y yo decliné el ofrecimiento. El cuerpo me pedía una bebida fuerte y no era la oportunidad para ello.

—De manera que puedo incluso entrar en la jaula bajo mi responsabilidad —insistió Samira coquetamente, la taza de té bajo sus labios húmedos, porcelana china con incrustaciones de algún material verdoso que permitía el paso tenue de la luz, creando un contraste curiosísimo con el resto de la muy pulida superficie y la dentadura de mi mujer.

Abdul la miró descaradamente, recreándose en la entrada de sus senos, bien ostensible a causa del escote que al salir de casa me había parecido un poco atrevido y ahora de la mayor impudicia. El jeque no era un viejo con una de esas sotanas blancas, turbante ajedrezado y más arrugas que un camello, como yo lo imaginara.

—Creo que tomaré un trago de coñac —dije de improviso.

Y nadie pareció escucharme.

—Es un animal fuera de lo común —decía al otro lado de la mesa nuestro anfitrión—. Yo capitaneaba la partida de caza que tuvo la fortuna de capturarlo…

Alzó el brazo derecho por sobre la altura del hombro, y todos pudimos ver las huellas de un zarpazo que se interrumpía en la hendidura interior del codo.

—Cuando ya lo creímos resignado, completamente exhausto, consiguió herirme.

Samira se llevó ambas manos a la boca, ahogando un chillido de admirado horror.

—Pero ahora está enfermo, siempre manso —su mirada se dirigió melancólica en dirección al tigre.

Se puso en pie.

—Vayamos a verlo.

Lo seguimos por un sendero que primeramente nos alejaba de nuestro supuesto destino y luego, al llegar a los límites de la mansión, torcía a la izquierda para dejar a la vista una escalera construida en el torso de los cimientos y resguardada por un sólido pasamano de bronce, descendiendo suavemente rumbo al nivel inferior.

La piscina tenía pintada en el fondo una línea de caracteres árabes y el agua la habían perfumado con esencia de jazmines o algo similar, por lo que el exquisito aroma nos envolvió al caminar junto a ella. Aunque me sentía incómodo por razones obvias, tampoco conseguía sustraerme de la fascinación que embargaba a los demás, envueltos en el sopor cinematográfico de aquella regia mansión.

Finalmente, arribamos junto a la jaula del felino y nos enfrentamos a su mirada de perro triste.

—¡Qué hermosura de animal! —dijo mi mujer acercándose hasta rozar con su cuerpo los barrotes que nos separaban del imponente tigre.

—No quedan muchos de estos en el planeta —murmuró el jeque situado ya junto a ella.

—Entonces deben valer una fortuna —apunté maliciosamente, tratando de enfatizar la sustancia mercantil que movía todo el entramado qatarí.

—Depende —respondió el jeque tras un ligero movimiento de cuello que le permitió mirarme a los ojos—. Yo, humildemente, podría comprar todos los que existen sin que mis finanzas se resintieran demasiado. Pero quienes trabajan para mí en el noble propósito de protegerlos —Giró al otro lado, hacia Nolasco—, es probable que obtengan importantes beneficios gracias a ellos.

El urbanista se quedó helado, la cabeza más hundida que antes, si ello era posible, y un silencio sepulcral que de alguna forma insensata se extendía a los pájaros y los insectos del bosquecillo que nos circundaba.

—Yo quiero entrar, acariciarlo, oler esa piel maravillosa —rogó juguetona Samira.

—Bueno, quizá se anime con una mujer tan hermosa —dijo muy risueño el jeque, al tiempo que se movía a un lado y extrayendo un manojo de llaves del bolsillo fingía abrir la celda de aluminio.

Samira lo siguió, supongo que dispuesta verdaderamente a meterse dentro con el majestuoso animal, inclinada por naturaleza a suponer viables sus más extravagantes deseos. Y aunque el millonario coleccionista de tigres de Amur le hizo ver que sólo bromeaba, y que ni siquiera poseía la llave de la jaula, ella insistió lloriqueando, haciendo el papel que mejor sabía: el de niña encaprichada a la que es mucho más barato complacer rápidamente que intentar disuadir de sus propósitos.

—Es demasiado peligroso —dijo Abdul lleno de simpatía por mi mujer, creo que destilando cierta ternura.

Momento en el que me sentí obligado a intervenir, a tomarla por los hombros y alejarle de ambas fieras: el tigre y su amo. El resultado fue nefasto. Con su mano izquierda, Samira se aferró a uno de los barrotes estremeciendo la jaula violentamente. El tigre, incorporado sobre sus patas delanteras, abrió las fauces y rugió para mostrarnos su aterradora dentadura. Del bosquecillo salieron en bandada pájaros coloridos, creo que una o dos cotorras muy verdes y algún conejo de piel tan blanca como la del mayordomo.

Instintivamente, todos nos separamos unos pasos atrás, sobre una porción del suelo que permanecía en su estado original, a la espera de los trabajos que lo convertirían en un pasto plano e inofensivo sin perder su aspecto digamos que silvestre. Mi mujer, invariablemente en tacones altos para realzar la belleza de sus piernas, tropezó en el acto, hizo varios molinetes con sus brazos para recuperar el equilibrio, me miró por un breve instante como si mis ojos pudieran sostenerla, y fue a caer, después de algunas vueltas sobre sí misma, al borde de la piscina. Un chillido escapó de su boca contraída en interminable mueca de dolor.

No sería exagerado afirmar que los hombres que formaban el prolijo séquito de Abdul llegaron a ella antes que nosotros. Y que en una fracción de segundo la habían levantado en vilo y la llevaban a la casa bajo las órdenes de un jeque absolutamente furioso, completamente invadido por la cólera que traslucía su verdadera personalidad de semidiós hecho a la costumbre de controlar el curso de los más mínimos acontecimientos.

Samira se hallaba casi indemne, salvo un esguince en su tobillo derecho cuya inflamación se hacía visible ante nuestros ojos a cada segundo que transcurría.

Nunca he comprendido una palabra de árabe, pero era evidente lo que decía el jeque Abdul a quienes debían de ocuparse de los jardines y tal vez de la casa en general, sin gritar, los puños muy apretados y las mandíbulas a punto de salírsele del rostro. Y, acto seguido, una gran reverencia y su mejor español para rogarnos perdón.

—Sería un placer y un honor que eligieran ustedes el castigo que les apetezca para estos inútiles.

Y señaló a dos de sus hombres, los cuales cayeron de rodillas al instante frente a nosotros.

—¿Los metería dentro de la jaula con el tigre? —gimió Samira medio en broma medio en serio, ambas manos alrededor del tobillo inflamado, la expresión contraída por el dolor.

—Ha sido un accidente como cualquier otro; no creo que tengan ninguna culpa —intercedí yo, viendo la forma pavorosa en que temblaban aquellos hombres.

—¿Le parece? Imagine que por haber dejado el césped en la forma inexcusable en que se halla, alguien tropezase en dirección contraria y uno de sus brazos hubiera quedado dentro de la jaula...

Imagen terrorífica. Los huesos de un brazo al que le cuelgan tiras sanguinolentas de carne tras varias dentelladas felinas debieron representarse en las mentes de todos.

—Hay que llevarla al médico —dije mirando el tobillo de Samira, ya no sólo bajo los efectos de la inflamación, adquiriendo un color rojo azulado.

—De ninguna manera. Traeremos un doctor a que la vea. No se moverá de aquí, ustedes son mis huéspedes.

***

Esguince de grado dos, dictaminó un ortopédico entrado en años y con alguna filiación inimaginable respecto a los grandes yacimientos mundiales de oro. Tenía dos dientes enchapados en ese precioso metal, un enorme reloj y una no menos imponente cadena colgando del cuello, ambas prendas de apariencia maciza. Y, por si fuese poco, en sus pantalones se balanceaba una gran leontina al final de la cual habría sin duda otro pedazo de metal áureo cantando el tic tal del tiempo entre rubíes.

El diagnostico la obligaba a realizar reposo y a una nueva revisión que, tras cuarenta y ocho horas y sendos ungüentos y píldoras antiinflamatorias, descartara definitivamente la necesidad de procedimientos mayores. Samira se hallaba desconsolada, más que nada porque la ausencia de varios días al gimnasio le supondría recuperar cuatro o cinco libras de peso de las que se librara tras varias semanas de gran esfuerzo. Ausentarse de su trabajo, en el buró de turismo de un conocido hotel de La Habana, le importaba menos que el retorno de las Oscuras Golondrinas de Bécquer.

—Madeimoselle, Monsieur —dijo Abdul solemnemente y señalando al mayordomo, más blanco acaso tras la reprimenda qatarí—, Eduard le ha preparado una de las habitaciones de los huéspedes.

Yo hice por protestar instintivamente, y el jeque, como en un acto de magia, sacó de alguna parte una gran copa conteniendo dos dedos de coñac y me la ofreció junto a una gran sonrisa.

—Su coñac, amigo mío; han demorado buscando una botella nueva en las bodegas de mi otra residencia, dispénseme por ello.

Y tras esa alucinante excusa, un solícito empleado, sin duda parte de su custodia personal, cargó a mi mujer y la condujo con paso firme por las amplias escaleras de mármol de Carrara hacia el piso superior de la casa. Durante un instante fugaz, tuve la certeza de que Samira se habría dejado cortar el pie, esguince incluido, para eternizar esa escena surrealista: María Callas y la climatización invisibles arrullándonos mientras la veíamos ascender en brazos del fornido *Guardia de corps*, y un reloj de péndulo tocaba las tres de la tarde de manera tan solemne y estereofónica como si acabasen de nombrarla *Jaquesa* de Qatar.

Era un cálido domingo de verano, y el mundo parecía detenido en ese letargo que obligó al mismísimo Creador a tomarse un descanso. Mis responsabilidades como coordinador de un programa de la ONU para el desarrollo de la isla resultaban cada vez menos exigentes. De hecho, había perdido la exclusividad sobre el auto que me correspondiera los primeros años en esa representación, y mis viajes al exterior eran menos frecuentes. En dos palabras: sentía lo que llaman añoranza de la buena vida. Probé entonces el exquisito coñac que había calentado balanceando suavemente la fina copa en una de mis manos, y me dije que, hallándose las tetas de mi mujer a buen resguardo de los ojos libidinosos de Abdul, no había razón alguna que me impidiese disfrutar de la ocasión.

Leyendo mi semblante tras el sorbo del *Grand Marnier*, el jeque propuso refrescar nuestras ideas en la exótica piscina, junto al tigre gay.

—Es la mejor hora para estar allí —explicó al tiempo que describía uno de sus gestos de director de orquesta movilizando al personal.

—Yo debo marcharme —dijo Nolasco, quien de improviso sobraba en el proscenio a causa de la torcedura de tobillo de mi mujer.

—Hablaremos mañana —convino Abdul secamente, y le dejó en manos del albino.

Le dediqué una mirada optimista en el momento de separarnos: yo en compañía del jeque, camino de la alberca, y él nuevamente a su antiquísimo cacharro americano, su mujer histérica y su hijo, sempiterno navegante del estrecho de la Florida. Este adiós no consumió más que un minuto, y el descenso hasta la piscina quizá otro, pero ya los empleados movían las tumbonas de lugar, estacionaban dos carritos de bebidas y entremeses, y sobre una de las mesas ponían a nuestro alcance la más pintoresca colección de trusas y *shors* que se pueda imaginar.

Enseguida, sin mostrar el más mínimo pudor, Abdul se desnudó, probablemente muy orgulloso de su notable falo y su no menos impresionante prepucio, tan lleno de pliegues que parecía un acordeón, y poniéndose una pequeña trusa se lanzó a las límpidas aguas de la piscina. Minutos más tarde, tras recorrerla a lo ancho un par de veces sin gran destreza, cruzó los brazos en el borde más cercano a mí, se secó los ojos con una mano y aclaró su voz para decirme con aire pensativo:

—En un país como este, tan *tropical*, debió de ser duro para ti esa historia del padre que va y viene de un lado a otro, ¿no?

Yo me quedé de piedra, abrasado por una ola de ira contra la indiscreción de Nolasco, sintiendo el vahído de la vergüenza, y al propio tiempo muy consciente de que no debía dejar traslucir esos sentimientos.

—No, no —enfaticé, interponiendo un poco la copa de coñac entre nuestros ojos—. Él fue un hombre grandioso, muy admirado…

El jeque movió la cabeza, su expresión se tornó dubitativa.

—Un precursor —añadí entonces, traicionado por los fantasmas del subconsciente, los mismos que solían susurrarme: «Mira, ¿ves que normal es ahora el homosexualismo, los cambios de sexo…?»

—Yo sufro impotencia —confesó Abdul saliendo de la piscina— ¡Esa es la verdad!

Caminó hasta uno de los carritos y se sirvió de una botella nevada en una copa de regular tamaño. Yo miré a otro lado sin saber qué decir; sólo se me ocurría, estúpidamente, ofrecerle mis condolencias.

—Soy como un soldado cuyo magnifico fusil automático ha quedado sin balas en el momento del ataque enemigo.

Mientras hablaba caía agua de su cuerpo, y sus ojos la miraban deslizarse. O quizá el bulto inofensivo que sobresalía de su exigua trusa de color negro.

—De la saliva que producen estos tigres cuando están excitados —señaló con su bebida al aludido— se extrae el más potente afrodisiaco que se conozca hoy día.

Sus ojos se perdieron en una lujuriosa visión más allá de la jaula, el tigre y el bosquecillo que rodeaba la piscina.

—Una cubana —murmuró en tono admirativo, como si se refiriera a una deidad—, una hermosísima y ardiente cubana fue la última mujer que… que lo consiguió. ¡Qué mujer tremenda!

—¿Una cubana…? —pregunté verdaderamente incrédulo, pero también pensando en que la mía, tan bella como temperamental, se hallaba acostada en uno de los cuartos de su mansión.

Abdul asintió varias veces.

—Esa es la razón de todo esto —exclamó dibujando un semicírculo con su copa ya vacía.

—Ya veo.

—De que ustedes hayan venido, quizá hasta del esguince… Todo está concatenado.

¿Cómo que del esguince? ¿Era esa una velada insinuación a la hermosura de Samira y la posibilidad de que comprara sus favores en la misma forma que los tigres de Amur y los funcionarios corruptos de La Habana? La lasitud que me producía el coñac se desvaneció.

—Si hay algún tipo de hierba, raíz, lo que sea, que remedie lo del tigre y… lo suyo, créame que lo averiguaremos —callé teatralmente y poniéndome en pie abrí la puerta de escape—. Mañana, apenas nos vayamos a mi casa, reanudaré las indagaciones.

El jeque sonrió mirándome escrutadoramente.

—Esperemos —dijo tras larga pausa y usando un deje escéptico.

Acto seguido, pronuncio una frase corta en su idioma y volvió a la piscina.

***

—Entiende, Roma, el hombre no va a desembolsar un centavo hasta que vea una verdadera solución; ya le han hecho más de tres cuentos…

—Yo no tengo nada que ver con eso. Y tampoco puedo garantizar que el tigre vuelva a ser el de antes. No hay nada infalible en este mundo. Él tiene mucho dinero; si de verdad es un jeque, le sobra la plata. Y yo necesito sólo una ínfima parte de su fortuna. ¡Mira cómo se halla esta casa!

Lanzó una bocanada de humo azulado mientras observaba el techo sobre nuestras cabezas, el rastro de las cabillas pulverizadas por el tiempo en varios sectores ya desconchados.

—¡Por favor, Roma! Es un tipo de palabra.

Volvió a aspirar humo negando con vehemencia.

—Mira, deja que te explique. Samira y yo estamos en su casa desde hace tres días —sus ojos se abrieron, enfáticos—. Ella tuvo un esguince al caerse junto a la piscina y ahora no sabemos… A mi mujer le da pena decirle me voy, sanseacabó. La única manera de que se olvide de nosotros y del maldito esguince es que tú le brindes una solución: dale tal y más cual yerba a la fiera esa, hazle un cocimiento o métesela por el fondillo, lo que se te ocurra. ¡A ver si entonces se olvida de nosotros! No me gusta nada que Samira siga ahí, en esa especie de embajada de Oz.

Roma se reclinó en su asiento. Su expresión era la de alguien que durante mucho tiempo ha esperado una oportunidad para desquitarse de un doloroso agravio, o cosa por el estilo.

—Aquí, muy cerca de casa venden hierbas medicinales, una señora muy mayor a la que acudo algunas veces, hablaré con ella hoy mismo, es lo más que puedo hacer.

—Gracias, muchas gracias, mi mujer y yo no olvidaremos esta ayuda —prometí lleno de entusiasmo pueril.

Ella sonrió apenas, como si no creyera un ápice en la gratitud que le juraba.

—Dime, Santiago, por qué crees tú que una mujer como Samira vive contigo… —preguntó cuando la sonrisa se hubo desvanecido en sus labios.

Me encogí de hombros, no por falta de respuesta, sino haciéndole notar que no le veía el sentido a su pregunta.

—Es bastante más joven que tu, esbelta, muy bonita de cara y por si fuera poco tiene ese par de tetas de cine que…

Hizo un gesto de fastidio con una de sus manos, como diciendo, «para qué hablar, sabes muy bien lo buena que está»

—Pues me parece —inicié mi réplica, satisfecho de haber recordado a uno de sus muchos maridos—, que simplemente se enamoró de mí, tal como tú de aquel tipo esquelético y hecho polvo, aquel que parecía una guía de enfermedades extrañas.

—Rubén —apuntó sonriendo— ¿Vas a comparar a Samira conmigo?

Extendí mis brazos a titulo de obviedad.

—Santi, yo mantenía a Rubén; ganaba muy buen dinero en la televisión y se nos iba en fumar y en medicinas. ¿Te imaginas a tu mujer trabajando duro para mantenerte y cuidarte, sin comprarse un vestido nuevo todos los meses, zapatos a juego, gimnasio, peluquería? ¿Te imaginas eso?

Traté de visualizar su hipótesis. Vanamente. Samira desconocía el concepto de sacrificio salvo en lo tocante a su apariencia física. Pero también, y era algo que repetía a menudo mi padre, un hombre nunca representa algo individual, aislado; para las mujeres viene a ser un trozo de planeta en el cual sentirse a gusto o no. Si un tipo es director de orquesta sinfónica, esa varita que obedecen otros tipos (y *tipas*) sin rechistar lo acompaña en todos sus actos, forma parte de eso que llaman carisma. Mientras mayor sea la cantidad de seguidores bajo su batuta así de grande será su poder de seducción.

—Habría que ver en esas circunstancias —dije, luego de descartar el hacerla partícipe de mis reflexiones.

Carcajadas.

—Mira, Santi, estoy hasta las cejas de la hipocresía que se ha adueñado de este país. Me le dices al jeque y al mismísimo tigre, en el caso de que entienda el idioma español, que quiero quinientos dólares, no, dólares no, quinientos euros para empezar a conversar. Yo no fui a verlo por necesidad mía, porque las tetas ya me llegan al ombligo, digamos.

Sus pies se hallaban ocultos por la mesa baja que se interponía entre nosotros, repleta de ceniceros y éstos, a su vez, de colillas. Pero de alguna forma, acaso intuitiva, yo sabía perfectamente que sus dedos retorcidos y dispares se disputaban lugar al compás de su diatriba. Del modo más estúpido e irracional, me pregunté si un tigre u otra fiera muy hambrienta sería capaz de almorzarse aquellos pies horribles.

—Has cambiado mucho —me lamenté con la deliberada intención de conmoverla.

—Sí, mucho —concedió no sin cierto arrobo.

Quedamos en silencio. No tenía idea de qué otro argumento emplear contra su repentino espíritu comercial. Y en vez de emprender algún esfuerzo en esa dirección, me puse a pensar que mi capacidad de discutir con las mujeres era nula. Incluso la de entenderme con ellas en general. Quizá las elegía mal. Mi primera esposa, bastante mayor que yo, Samira, en el otro extremo. Por un lado sentía una intensa inclinación a ser permisivo, tal y como creía actuaba mi padre; del otro, las ideas que me inculcara mi abuelo Sebastián suponían tener un látigo machista siempre en mano. Pero en la práctica, indeciso e inseguro, no optaba por ninguna de las dos posturas diáfanamente.

—Te lo ruego.

—Ruégale a él.

***

La reja de entrada a la mansión de Abdul se abría para dejar salir un auto particular con los cristales empapelados de negro. Ello me permitió acceder directamente al parqueo y evitarme también la espera en la puerta, donde se hallaba aún el mayordomo de nívea epidermis.

—Creí que vendría más tarde —murmuró como si me reprochara, pero franqueándome a la vez el paso.

—Es que le traigo buenas noticias a su jefe, por eso cambié los planes.

Le dediqué una mirada arrogante, de absoluta satisfacción conmigo mismo y mi prodigioso músculo cerebral. Se me había ocurrido una estratagema que me parecía brillante. Aunque implicase mentir de nuevo. Iba a decirle al jeque que Roma, o sea, la hierbera que podía rescatar la virilidad del felino y la suya, necesitaba quinientos euros para viajar a Guantánamo, pagar por el brebaje en cuestión a los celadores de una reserva ecológica del Estado, que era su única poseedora, y transportarlas con seguridad y rápidamente hasta sus manos. Ninguno de los dos, ni el qatarí ni la tía Roma, tenían porqué relacionarse en ningún momento. De manera que cuando ella recibiese su dinero y él las hierbas, yo recuperaría a mi adorada esposa, Nolasco la paz de su bolsillo y la historia su punto final.

De sólo pensarlo me invadía una placidez que insuflaba verosimilitud a la jugarreta. En vez de seguir a dos o tres pasos de distancia al albino, caminaba casi a su lado sin percatarme de ello. Hasta que él me miró con el rabillo del ojo y tosiendo afectadamente me dijo que lo esperara al término de la sala, junto al magnífico escritorio que salvaba las retinas de la horrible visión que suponían los cuadros abstractos en la pared.

Me detuve en seco, tomado en falta, y lo miré avanzar por un largo pasillo en el que también había cuadros horrorosos en las paredes. Entonces oí la risa inconfundible de mi mujer muy cerca, en la misma dirección por la que avanzaba el mayordomo. Y no pude contenerme. Samira reía hasta cierto punto en la misma forma de siempre, pero ligeramente más coqueta que pueril. Instantáneamente, el corazón se independizó de mi voluntad. Los celos me nublaron la vista y eché a andar casi a la carrera por el largo pasillo. Lo hice tan velozmente que cuando el albino tocó a la puerta que separaba las risotadas de mi mujer del resto del mundo, ya me tenía a sus espaldas. Y el jeque mandó pasar sin que el mayordomo pudiera hacer nada contra mi presencia.

Estaban en una pequeña y acogedora sala oscura mirando cortometrajes cómicos del cine mudo. Mi mujer sentada en una de esas sofisticadas sillas de ruedas que dan ganas de sufrir invalidez; Abdul junto a ella en una especie de poltrona de arabescos. Ambos observándome con los ceños fruncidos y las risas congeladas por la interrupción. Escena que carecería de toda trascendencia, excepto por el inquietante hecho de que el esguince de Samira reposaba en la poltrona y una mano qatarí acariciaba su tobillo, el empeine, las suaves cuencas entre los dedos.

Sin embargo, estúpidamente, desde lo alto de mi boca saltaron a tierra, como esos paracaidistas que forman complicadas y bellas figuras en el cielo, las palabras que constituían la obertura sinfónica del cuento romano.

—Traigo muy buenas noticias —dije sin poder quitar los ojos de la mano detenida ahora en medio del pie conyugal—, mi tía Roma está dispuesta a viajar a Guantánamo para buscar las hierbas que necesita el tigre…

Y durante dos o tres minutos seguí fielmente y de carretilla los vericuetos de la historia que había fraguado para rescatar a mi mujer de las garras qataríes. Hablé sin inmutarme de la falsa reserva ecológica, de los sobornos necesarios para conseguir las hierbas y de los rigurosos requisitos de su traslado. Era un autómata repitiendo un discurso grabado, mientras mi yo real se revolvía contra el cuadro de sospechosa intimidad en que había encontrado a Samira y el jeque, cuya mano acababa de abandonar distraídamente el pie de ésta.

—Me parece bien, Santiago —repuso el qatarí incorporándose—, mandaré a que te entreguen el dinero enseguida.

¡No! De pronto me sentí parte activa y provechosa de la estafa. Abdul nunca conocería a Roma. No iba a visitar su casa en esta vida ni en la siguiente, de modo que a sus efectos la persona que se embolsillaba quinientos euros por un manojo de hierbas era yo.

—No, no —repuse sin énfasis, como distraídamente—, mejor que se ocupe Nolasco, yo estaré muy atareado en estos días.

—Excelente, que así sea. Pero ni siquiera has preguntado por Samira. Recién se ha ido el médico.

¡Ya la llamaba por su nombre! ¡Y yo concentrado en el maldito tigre!

Se inició la erupción de un volcán dentro de mí.

—Cierto, pero es que se ve tan bien, tan feliz aquí…

Mi voz sonó áspera, beligerante. Y también fuera de lugar. Como si lo único malo en el ambiente fuese mi suspicacia.

—Abdul —dijo ella volviendo a sonreír—, nos dejarías unos minutos.

El jeque se inclinó parsimoniosamente, le besó una lánguida mano y se fue sin siquiera mirarme.

—¿Tienes acaso dudas de mi lealtad? —preguntó Samira apenas se hubo cerrado la puerta de la habitación.

Yo di un paso adelante. Quería abofetearla, cargarla en brazos y llevármela de allí. Besarla en los labios y el esguince. Pero sólo enmudecí.

—Debes saber que si es así, no deberíamos seguir juntos. No hay amor sin confianza y, por lo visto, a ti la confianza no te sobra para mí.

Yo fruncí los labios y negué con la cabeza mostrando mi decepción. Y mi estupor. Samira parecía toda una sultana. Su actitud era la de la mujer que sorprende a su marido con las manos en la masa, estaba indignada.

—Lo que no entiendo ni puedo aceptar es que media Habana tenga conocimiento de los detalles sin importancia acerca de la vida íntima de tu padre y yo no. Es bastante raro, ¿verdad? Porque si tú eres un hombre de los pies a la cabeza, como yo creía, debiste hablarme alguna vez del asunto sin preocuparte de lo que yo o nadie más pudiera pensar…

—Samira…

—¿Sabes algo? Abdul, ese señor tan poderoso y encantador, tan atractivo, es impotente, como lo oyes, im po ten te. Y ha tenido a bien contármelo, franquearse sin ponerse a pensar que nos conocimos así que ayer.

Siguió hablando de un modo rarísimo, como si llevase viviendo en aquella casa muchos años y yo fuera un extraño al que había que explicarle el abc de la vida aristocrática. Si no andaba deprisa iba a perderla para siempre.

En la película de la pantalla, tras ella, una mujer gorda e iracunda golpeaba silentemente a su marido usando un rodillo de amasar harina. Parecía como si de su boca salieran las palabras de Samira. Abrumado por las insólitas e injustas circunstancias quise iniciar una explicación, pero mis labios no se abrieron. Afuera, se oyó rugir al tigre.

***

Escondidos en la casa tenía yo algo más de mil dólares. Ni siquiera Samira conocía de su existencia. Una cosa que enseñan los divorcios bélicos es que tu pareja no puede saberlo todo de ti, que esa persona que se arrulla contigo y comparte la intimidad de su cuerpo, de un día para otro es capaz de desearte la muerte y utilizar cualquier arma en tu contra. De modo que en las segundas nupcias la gente aprende a dormir con un ojo abierto.

Del escondrijo tomé quinientos dólares para acelerar por mi cuenta la gestión herbaria. Sabía muy bien cuál era el lado flaco de mi joven esposa. Y aunque no llegara a pasar nada entre ella y el jeque cuyo fusil no disparaba, cada hora de estancia suya en aquella lujosa mansión iba a convertirse en algún tipo de problema para mí, futuros suplicios en la existencia cotidiana. Todo en casa le parecería poco y feo, su lengua no cesaría de reclamarme cosas imposibles, gustos raros, placeres costosísimos.

Prefería sacrificar parte de mis reservas financieras oportunamente, a verme triste y endeudado por mucho tiempo después.

Como esa tarde disponía del carro de la oficina, no tardé más de media hora en presentarme en casa de tía Roma. A diferencia de papá, no sé una palabra de hierbas y mejunjes. No tenía la menor idea de las complejidades que supondría preparar un mejunje para que el tigre se comportase y el pito qatarí recuperara la rebeldía, pero necesitaba que Roma se apurase al máximo. Y la expresión de desgano que apareció en su rostro al abrirse la puerta me dio toda la razón en mis temores acerca de una prolongada espera.

—No se trata de hacer limonada —arguyó ella antes de percatarse del tipo de moneda que llevaba yo en las manos.

Era evidente que no quería parecer demasiado desesperada y que aunque de su orgullo original apenas si quedaban vestigios, ella intentaría conservar las apariencias.

—Bien —concedí poniendo los dólares junto a uno de sus muchos ceniceros humeantes—, lo entiendo perfectamente, pero ello no implica que debas esperar por el dinero que tanto necesitas, ¿no crees?

Pienso, por sobradas experiencias, que las personas suelen ser muy susceptibles a los estímulos directos. Si el brebaje podía prepararse en menos tiempo, la fórmula para lograrlo era poner los cinco billetes de cien en sus manos. Pero ya he dicho que Roma no es una mujer común. No le gustó nada el comentario y mucho menos el tipo de moneda que divisó junto a los cadáveres de cigarrillos medio apagados.

—Dije euros, me parece —exclamó mostrándome los dólares y una mueca de disgusto. Las tasas de cambio eran sumamente desfavorables para la moneda estadounidense.

Entonces decidí sincerarme por completo y confiarle mis temores. Le dije que Nolasco conseguiría los euros antes o después, que los dólares aquellos constituían apenas una muestra de la importancia de su gestión y de lo acuciante que resultaba para mí llevarla a buen término. Acepté sus palabras del encuentro anterior: una mujer como Samira no estaría conmigo para soportar penurias, era muy presumida y caprichosa y demasiado bella para comportarse mansamente.

—Y no quiero pasar por otro divorcio, mucho menos por culpa de un tigre maricón.

—Tu padre fue un hombre excepcional —respondió ella mientras volvía a colocar los dólares en el mismo lugar.

Yo creí que mi alusión a las debilidades de la fiera había tocado el orgullo familiar de Roma. Me equivocaba. Ella negó varias veces con la cabeza gacha y continuó tras un largo suspiro.

—Para mi gusto, era demasiado condescendiente con tu madre, y me perdonas, pero creo que heredaste un defecto suyo, no sacar a relucir el carácter que ha de tener todo hombre cuando es puesto a prueba por una mujer.

Sus palabras me produjeron un leve vahído. Sabía muy bien que llevaba razón, que después de perder a mis padres se había apoderado de mí un temor irracional a ser abandonado por todo el mundo y que ese trauma era definitorio en la índole de las relaciones que establecía con las damas. De modo que guardé el debido silencio.

—Puedes llevarte los dólares contigo, a más tardar mañana tendrás listo tu encargo, espero que Nolasco cumpla su parte.

Me acompañó hasta la puerta al tiempo que metía el dinero en el bolsillo de mi camisa y me palpaba afectuosamente la espalda. Antes de despedirnos dijo con voz quebrada:

—Los tiempos han cambiado, pero hombre cobarde no tiene mujer bonita. Recuérdalo.

***

Nolasco llamó en la noche para confirmar la posesión de los euros. Le pedí que estuviera en mi casa el día siguiente, un rato antes de la hora en que iba a citar a Roma. Quería que él mismo le entregara los quinientos euros en sus manos para evitar cualquier sospecha de beneficios míos o de Samira en la transacción. Y también despacharme a gusto acerca de sus continuas indiscreciones acerca de las debilidades de mi progenitor.

Lo esperé entre incesantes paseos por la terraza, furioso, sintiéndome odiar a la humanidad en su conjunto y a mí mismo en primer término. ¿Cómo era que me había convertido en poco menos que el *Gerente General de la Operación Amur*? ¿Qué hacia mi bellísima y jovencísima mujer en la mansión de Abdul, el impotente? ¿Y las intimidades de papá en la cúspide de la polémica felina?

Ni siquiera lo dejé saludarme. Su diestra quedó extendida durante unos largos segundos, mientras las peores ofensas y los disparates más inconexos caían sobre él. De hecho, lo escupí varias veces, torpe la lengua en mi afán de injuriarlo con la mayor intensidad posible.

—Tienes razón —aceptó él cuando me detuve para respirar—, sólo que no tienes un hijo ni idea de lo que es vivir pensando que los tiburones se lo almorzarán el día menos pensado. Abdul me prometió darle trabajo, en su propio yate. En vez de jugarse la vida en una balsa, podría disfrutar de ella en esa enormidad de nave que nuestro jeque fondea en la Marina Hemingway.

Traicionaría a mi madre para lograrlo.

Comenzó a llorar, y mis ojos se aguaron automáticamente. Lo recordaba junto a su esposa, cuando todavía su hijo era pequeño, riendo y cantando, bastante borrachos todos. Se reunían sin grandes motivos y a veces sin nada para picar entre trago y trago. Bailaban al son de un tocadiscos antediluviano y discutían de política o, más bien, de filosofía mundana cuando ya las botellas naufragaban en el vacío. ¿Adónde se había ido aquella vida apacible? ¿Qué suerte de maleficio lo corroía todo?

Nolasco se dejo caer en uno de los dos balances de la terraza, negó repetidas veces moviendo la cabeza, entre profundas aspiraciones de aire y sollozos, y me pidió disculpas con voz ronca, entrecortada. Su debilidad emocional no hizo más que azuzar la mía. Las hirientes palabras de mi tía y la conducta más que reprobable de mi esposa, necesitaban un verdadero desahogo. Y lo encontré con el bueno de Nolasco. Durante varios minutos describí para el viejo amigo de la familia el paisaje de mis traumas infantiles y adultos. Y mis miedos maritales.

—Hoy día sabes que las cosas son muy distintas —concluí tras comprobar que en pocos minutos tendríamos con nosotros a Roma—, pero durante mi adolescencia me despertaba muchas veces preguntándome qué clase de enfermedad había hecho de mi padre un flojo temporal, así me lo decía, con esas palabras, y si existía algún peligro de que me ocurriese lo mismo, que un buen día me levantara con ganas de chuparle la boca al primer tipo que se atravesara en mi vida. Fui por mi cuenta el psicólogo, un tipo obeso y de mirada torva que me quitó mucho peso de encima, sobre todo diciéndome que era completamente lógico que tuviese mis dudas, que solemos creer que es posible heredar la mayoría de las enfermedades y defectos de nuestros padres, sin que necesariamente deba suceder tal cosa, pero que en mi caso el asunto se complicaba debido a la trágica muerte de mis progenitores. Y es una gran verdad. Nunca pude sentarme frente a mi viejo y preguntarle lo que había pasado en relación a su virilidad y otras muchas cosas. Tampoco tuve oportunidad de mirar a los ojos de mamá y pedir consejo para obtener aliento.

—Y la actitud de tu abuelo tampoco ayudó demasiado —convino Nolasco asintiendo pensativo.

No había ayudado, no. «Los hombres de verdad no van al psicólogo, saben resolver sus problemas por sí solos», fueron sus palabras de respuesta cuando cometí el error de mostrarme satisfecho por haber visitado al loquero.

—Sebastián era un tipo lo que se dice chapado a la antigua —comenté al tiempo que me ponía en pie y oteaba el horizonte de la calle tratando de divisar a Roma—. Para curarme del miedo a los accidentes de tren, me hizo darle la vuelta a la isla, solo, en uno de aquellos trastos rugientes de entonces… Digo, supongo que habrán mejorado los trenes.

—Pues sería de lo poco que mejora en lo que a transporte se refiere.

Caminó unos pasos hasta situarse a mi lado.

—Lo contrario que las hierbas —exclamó mientras se tocaba maquinalmente el bolsillo del pantalón donde guardaba el dinero— ¡Quinientos euros por unos hierbajos!

¿Cuánto dinero estaría moviéndose alrededor del tigre qatarí? Seguramente mucho, pero en cualquier caso, era comprensible que Nolasco se quejara por ver menguadas sus ganancias en una cuantía nada despreciable.

Iba a condolerme de su pérdida y entonces apareció Roma en la esquina.

—Ahí viene la loca esa —murmuró Nolasco entre dientes.

El aceite y el vinagre, pensé yo mientras la veía acercarse con paso firme y cadencioso. Nolasco nunca la había visto con buenos ojos. Y mi abuelo Sebastián no la podía ni ver.

— ¡Una mujer tan íntegra como era ella! Vendiendo favores… Es inconcebible.

—Sí, ciertamente. También que llegue temprano; la puntualidad nunca fue una de sus virtudes.

De nuestras bocas salían las correspondientes críticas, pero en los rostros manteníamos falsas sonrisas de bienvenida. Roma era de toda la vida el tipo de mujer a la que no había que buscarle las malas pulgas.

La otrora belleza, con nombre y figura de imperio en decadencia, avanzó a través del jardín hacia nosotros. Se hallaba extrañamente ataviada con una versión femenina de gorra bolchevique y un holgadísimo vestido de fuertes colores, donde las formas de su cuerpo se transmutaban en un signo de interrogación.

Contrario a la costumbre de abrazarse y besarse, Nolasco y Roma se dieron las manos e intercambiaron fríos comentarios de ocasión. De inmediato, el urbanista devenido traficante de animales exóticos le entregó los quinientos euros. Roma los dobló concienzudamente, hizo ademán de meterlos entre sus senos pero se contuvo a mitad de camino y no llegó a hacerlo. Probablemente la mirada reprobadora de quien la conocía de toda la vida, le frenaba comportarse como una persona sin escrúpulos.

—Parece mentira, Roma, ¡cómo has cambiado! —rezongó Nolasco, los ojos fijos en el dinero que acababa de cambiar de manos.

Ella lo observó dolida, dando vueltas a los billetes entre sus dedos.

—Tú no —repuso tras una pausa, sin demasiada convicción—, excepto porque te tiñes el pelo.

No quería ningún tipo de debate, prueba irrefutable de sus sentimientos de culpabilidad. En otras circunstancias el viejo amigo de la familia habría lamentado mucho el comentario hiriente.

—Hay una mezcla de raíces —comenzó a decir ella con sus ojos fijos en los míos, nerviosa, tartamudeando. Era lamentablemente obvio que en vez de un preparado, ya listo para usar, nos había traído una receta verbal.

—Vamos a tomar nota —propuse poniéndome en pie, convencido de que papel y lápiz serían un refugio para ella, para su voz lastimosa.

Entonces se detuvo un Mercedes Benz negro en la calle, descendió uno de los guardaespaldas del jeque y abrió la puerta trasera para cargar a mi esposa. Pero ésta, resistiéndose, se las arregló para salir por sí sola y ponerse en pie con ayuda de sendas muletas. En su rostro se abría una sonrisa esplendorosa. Mi corazón se inflamó de dicha y orgullo, creí que Samira había exigido volver a casa. Roma, en cambio, se crispó instantáneamente, con toda probabilidad suponiendo que también el jeque viajaba en el suntuoso automóvil. Y que sin consultárselo yo lo había invitado a la reunión. Más de lo que era capaz de soportar, me dije observando su nerviosismo.

—Santi —suplicó mi tía—, dile que se esperen…

Yo levanté mi brazo derecho, cortando el trabajoso andar de mi mujer. Roma rompió a balbucir sin ton ni son al tiempo que lanzaba los billetes hacia Nolasco. Su cuerpo se convulsionaba y la gorra bolchevique se torció extrañamente en su cabeza. De forma tonta, recordé las palabras de Nolasco acerca de Lenin vendiendo hamburguesas.

—Lo siento, lo siento de veras —balbució Roma con los puños cerrados sobre sus ojos—. Lo siento mucho.

Nolasco y yo nos hallábamos atónitos, incapaces de reaccionar. Samira seguía sonriendo divertida. Los billetes se movían de mosaico en mosaico.

—No sé nada de ninguna raíz ni hierba —logró decir Roma—. Necesito perentoriamente el dinero.

Los euros se los iba llevando de a poco la débil brisa reinante en la terraza.

Cómo qué no sabía nada de hierbas. ¿Pretendía estafarnos acaso?

Samira se detuvo, luminosa, a la entrada del portal. Solo entonces cayó en cuenta de quién se hallaba a mi lado. Hizo un gesto que quería ser de amistoso saludo, pero que la expresión de su rostro contradecía a todas luces. Roma dijo «Hola» y de inmediato cambió la mirada hacia la calle.

Recuperada de la mala impresión, Samira estiró ambos brazos hacia mí, las muletas sostenidas en las axilas.

—Me he lastimado nuevamente el pie, mi amor— dijo a la vez que alzaba la pierna de marras para que pudiéramos observar la inflamación a la altura del tobillo.

Yo me acerqué rápidamente y quise llevarla rumbo a mi sillón. Pero Samira estaba de paso y no pretendía ni sentarse en el portal de la casa. Me besó en la mejilla y durante unos segundos permaneció en silencio, mirándome con los ojos del remordimiento. O eso me pareció a mí.

—Salvo el asunto de mi estúpido pie, todo lo que tengo para ustedes son buenas noticias —exclamó acto seguido, recuperando el semblante luminoso de su llegada.

Nolasco se puso en pie, con lo cual únicamente Roma permanecía en su lugar, sentada. Mi mujer se deleitó unos segundos con la expectación provocada por sus palabras y luego anunció:

—¡El tigre no es gay! ¡Nos vamos a un tour por las islas del Caribe!

—¿Cómo...?

—¿Qué dices?

—Abdul ha recibido el resultado de los análisis que mandaron hacer en California. Son unos bichos raros, parecido a los oxiuros. ¡Por eso el pobre tigre refocila el ojete contra cualquier cosa que le produzca alivio!

Los demás la miramos igual que si se tratara de una mujercita verde salida de un platillo volador. Los euros avanzaron otra vez en dirección al jardín.

—Abdul está feliz, ya ni se acordaba de los cultivos que le habían hecho a los excrementos del pobre animalito. Por culpa de los parásitos se comportaba tan extrañamente.

—¡Excelente noticia! —logré decir a sabiendas de que excluía a Roma, quien no tenía nada que celebrar y en ese instante debía sentirse como lo que llaman el convidado de piedra.

—Para festejarlo nos ha propuesto que le acompañemos a un maravilloso tour caribeño —dejó de hablar para el conjunto del auditorio y se dirigió expresamente a mí—. Bueno, le he dicho que tú, quizás por causa de tu trabajo, no podrás acompañarnos, ¿o sí?

Mi empleo era cada día más simbólico, y Samira lo sabía muy bien. Me quedaba una vaga duda de que en verdad la invitación del jeque me hubiese incluido también a mí. Pero daba igual: la forma de expresarse de ella resultaba inequívoca respecto a sus deseos. Ahora la tía Roma debía tener sus ojos fijos en la amorosa escena de hipocresía adúltera mientras su mente festejaba un bocadillo del tipo «¿qué te dije?»

—Por supuesto que no —concedí llenando probablemente hasta el borde mismo la copa de su felicidad—. Pero me parece perfecto que puedas hacerlo tú. Y que el tigre se encuentre sano, ¿verdad, Nolasco?

El urbanista sonrió complacido, instintivamente sus ojos buscaron los euros, que aunque físicamente se alejaban en el espacio, en términos de propiedad regresaban a él. Roma, por su parte, no se movía un ápice en su sitio. A mí el dinero no me importaba en absoluto, la sensación de ser un cornudo público y notorio dejaba muy poco sitio a otros sentimientos o ideas. Finalmente, no me pude contener:

—Solo falta que nos digas que el queridísimo Abdul ya no es impotente —solté con voz quebrada, la cara congestionada por la sangre de la cólera.

Samira se acomodó, recolocando las muletas bajo sus axilas.

—Ni lo menciones, un hombre tan apuesto y joven —replicó en tono triste, sin darse por enterada de mi comentario inculpatorio.

Suspiró y volvió a sonreír. Sin mediar una pelea o palabra alguna de separación, en ese momento éramos una especie de extraños por culpa de un tigre amante de restregarse el ano en todo lo que estuviese a su alcance.

—Bueno, debo buscar algunas cosas para el tour —dijo mientras emprendía camino rumbo al interior de la casa.

Yo miré a los ojos de Roma. «Hombre cobarde no tiene mujer bonita», me había dicho en una de mis últimas visitas a su casa. Esa frase parecía flotar ahora entre nosotros.

***

Samira se fue con sus muletas y seguramente sus malos pasos qataríes. Nosotros tres permanecimos un rato mirando en dirección a la calle, a la lejanía por donde se marchara el imponente auto alemán del jeque. Llegada a su fin la escena de desamor que mi joven y bella esposa protagonizara con tan sorprendente desenvoltura, regresaban a nuestra mente las últimas palabras de Roma declarándose desconocedora del remedio viril. Y al unísono quedaba por resolver el tema de aquellos quinientos euros que la brisa había llevado hasta uno de los canteros del jardín, los cuales, en buena lid, mi tía no podía reclamar bajo ningún concepto. No obstante, me atreví a ofrecer una fórmula conciliadora, de manera que la pobre mujer no se marchase de mi casa con las manos vacías y la vergüenza llena.

—Nolasco, creo que tus problemas se aclaran —dije volviendo a sentarme entre ambos—. Y me parece que Roma puede quedarse digamos con la mitad de lo acordado, por su esfuerzo.

Nolasco sacó pecho y torció el gesto. Era más que obvio que no le debía ni un céntimo a la señora de nombre imperial, pero yo estaba dispuesto a compartir con él la donación y se lo hice ver entrecerrando los parpados y señalándome el pecho. Debía tener ella mucha necesidad del dinero cuando era capaz de concebir un engaño semejante a su propio sobrino y ejecutarlo en presencia de un hombre que la consideraba entre las personas más honradas y rectas de la república.

En cualquier caso, debió percatarse de mis señas al urbanista o coligió con buen tino que era sencillamente lástima lo que nos inspiraba a premiar su doblez y de repente se echó a llorar. Un llanto desgarrado y visceral, las lágrimas de una mujer que había perdido todos sus encantos y ahora veía por los suelos su credibilidad. A decir verdad, desde que el dichoso tigre apareciera en nuestras vidas, las lágrimas se habían convertido en algo cotidiano. Sobrecogidos, Nolasco y yo guardamos silencio. Al rato, ella tomó aire, se mordió los labios y, suspirando, pareció recuperarse del mal momento.

—Tu padre nunca fue homosexual —exclamó de pronto, mirándome con rabia inexplicable—. Debí decírtelo después que... después que ellos murieron. Pero ni sabía cómo.

Yo sentí algo muy raro, como si una parte de mis órganos se desvaneciera, escapando de mi cuerpo en las exhalaciones respiratorias. El primero de la fila, mi pobre cerebro. Si una franca confesión de homosexualidad era una especie de suicidio social en la isla de la séptima década del siglo **XX**, hacerlo falsamente resultaba cosa incalificable. Además, mi ego se revolvía como fiera herida de sólo pensar que había estado padeciendo un trauma gratuito. Ejecutando una complicadísima sinfonía para un auditorio sordo.

—Tu padre fue un hombre absolutamente fuera de lo común...

Cerró los ojos, levantando la barbilla al estilo de las visionarias en trance. Yo miré a Nolasco de ese modo en que alguien que es objeto de una mala broma intenta corroborarlo en la persona más seria del grupo. Pero el urbanista se hallaba perplejo y sumamente incómodo frente a una revelación de tamaña entidad, por lo que apartó su mirada de la mía y bajó la cabeza desentendiéndose de las confesiones de Roma. Ella volvió a tomar una gran cantidad de aire y prosiguió:

—Sólo pretendía proteger a tu madre y entregarle la mayor prueba de amor que se pueda imaginar...

—¿Prueba de amor...? —balbucí aturdido.

—¡Era ella quien había tenido una experiencia lesbiana! Una relación intensísima con otra mujer.

¿Mi madre? ¿La convencional y un tanto mojigata autora de mis días? Roma hablaba muy conmovida, pero también en un sugestivo tono evocador, y al decir la palabra *intensísima*, se había rozado los senos con sus manos y humedecido los labios de un modo tan maquinal como elocuente.

—Tu madre —me miró directamente a los ojos—, se hallaba destrozada por los remordimientos y... había tratado de suicidarse de tanta vergüenza que sentía.

Vergüenza, una vieja y conocida perseguidora de mi existencia, quitándose ahora el antifaz en que se presentaba con la cara de mi padre.

—Ese gesto de él, sublime, fue la manera de decirle que no sólo la perdonaba, sino que se echaría encima esa terrible carga con la que tu madre ya no podía vivir. Un acto desesperado para devolverle la paz a ella, atrayendo sobre sí los demonios de la intolerancia, de la falsa moral.

¿Iba a comenzar una de sus diatribas? Yo miré a Nolasco, la cabeza más hundida que antes, como si tratara de introducirla dentro de su pecho. Era suficiente. Me pasaría el resto de mi vida imaginando la forma en que la hermana de papá se las había ingeniado para seducir a mi progenitora. Porque era esto lo que nos estaba contando sin palabras. No el pecado de mi madre, sino el suyo.

—Basta —le dije en tono seco—. Un estúpido o *divino* maquinista de tren se encargó de sepultarlos con un secreto que no vale la pena desenterrar.

Me puse de pie. En medio de un silencio sepulcral caminé hasta el jardín, recogí los euros y los llevé de vuelta a las manos de Nolasco.

—Espero que tus asuntos felinos sigan adelante con viento fuerte —le dije en un tono inequívoco respecto a la terminación de su presencia en mi casa—. En lo que a mí respecta, el maldito animal solo me ha traído desgracias.

—Siento mucho todo esto, Santiago—susurró él disponiéndose ya a marcharse—. Siento mucho lo de tu madre.

¿Lo de mi madre? Una frase que ponía de relieve los nuevos y dolorosos contornos de la realidad. Absurdamente, era como si el episodio de lesbianismo hubiese tenido lugar la noche anterior y ahora nos enfrentáramos a las murmuraciones de la gente. Al mismo tiempo, la remota, increíble y voluntaria inmolación del buen nombre de mi padre pasaba a convertirse en poco menos que una masacre inútil de su hombría. Y mis complejos la más tonta auto flagelación de la historia.

Nolasco se marchó con sus quinientos euros y paso dubitativo. No todo resultaba positivo para él. Hasta cierto punto mi mujer, la bella Samira, acababa de destronarlo de su puesto en la escala de simpatías del jeque. Muy probablemente tendría que seguir vigilando los movimientos de su hijo. Cualquier indicio que oliese a fabricación de naves precarias iba a quitarle el sueño.

Cuando dejé de verlo en la distancia, me volví hacia mi tía. Parecía repentinamente empequeñecida. Sus ojos enrojecidos y sus fosas nasales inflamadas sobresalían en el rostro desencajado. Sin quererlo, volvía a sentir lástima por ella. En cierto sentido era como esas mansiones en ruinas que pueden observarse en cualquier barrio de La Habana. Finalmente los defectos se imponían a las apariencias. La resolución de los viejos enigmas la convertía en la villana por antonomasia. Entre las naturales brumas de la memoria, las piezas más insólitas del rompecabezas familiar adquirían un sentido lógico, como por ejemplo el encono visceral que mi abuelo Sebastián le profesaba. ¿Podía acaso un redomado machista como él perdonarle que hubiese seducido a su única hija?

Miré a sus pies y por primera vez en mucho tiempo la encontré con zapatos cerrados. Detalle baladí, tal vez meramente casual, pero al mismo tiempo resultaba muy curioso que ocultase la zona más fea de su cuerpo mientras dejaba airearse a la luz del sol las podredumbres de su alma.

Creo que ella esperaba una andanada de insultos y recriminaciones. Pero yo me sentía un derrotado más al final de la historia. Durante la mayor parte de mi vida había vivido un trauma falso. Ahora me preguntaba si sería tan estúpido como para empezar a sufrir por el verdadero.

—En lo que a mi concierne —dije en voz muy baja y a punto de entrar en la casa—, no hay culpables ni culpa que no se merezcan la paz del olvido.

Cerré la puerta tras de mí y dejé el pasado sentado allí afuera, en el portal, disfrazado de mujer con nombre de imperio decadente. Roma sé había burlado siempre de mis estudios de Filosofía, que ella llamaba ciencia de los holgazanes y masacre inútil de las neuronas. Quizá tenía razón en eso. Tal vez no valía la pena darle vueltas a los accidentes de la vida. ¿Acaso mis padres no tenían derecho a descansar en paz? No había nadie libre de pecados que pudiera reclamar el derecho de invocarlos en un remedo de Juicio Final. Ni siquiera yo mismo. Sin embargo, un tigre comido de parásitos y los tejemanejes de unas cuantas personas los sacaban de sus tumbas una vez más.

Desde la sala, a través de los visillos del ventanal, observé la silueta inmóvil de Roma. Involuntariamente, la imaginé besando a mi madre, un beso frenético, los cuerpos contorsionándose y sus quejidos de placer. Una imagen insoportable. Y sin embargo, papá había sido capaz de superarlo todo, de mancillar su propio nombre incluso en aras de conservar el amor de su mujer. La mía, en cambio, tendría que mudarse apenas regresara (si regresaba) del ominoso tour con el supuestamente inofensivo jeque. El fantasma del abuelo Sebastián no me permitiría seguir a su lado ni un minuto más. Tal vez se besaban en ese instante al vaivén del mar Caribe y ante la vidriosa mirada del tigre de Amur. El maldito animal que había puesto de cabeza mi apacible vida.

«Quizás el mundo es gay y no nos damos cuenta», pensé mientras caía en la cama dispuesto a dormir muchas horas seguidas.